当我来到这个世界的时候，
长得很小很小。
在我身边的东西也很小，
裤子、毛衣、帽子，尤其是手和脚。
大脚趾就像小脚趾那么大，
小脚趾就像小小脚趾那么大。
我必须得先长大，
爸爸妈妈已经长到他们的正确大小。

J 于尔克·舒比格
ürg Schubiger

爸爸、妈妈、我和她

Mutter, Vater, ich und sie

贵 州 出 版 集 团

贵 州 人 民 出 版 社

听，那个发问的小孩

殷健灵

　　读《爸爸、妈妈、我和她》的时候，冬雨连绵的天气刚刚开晴。乳酪色的阳光涂抹在阳台一角，栏杆上，一只机灵的小鸟悠闲地踱步。这种时候，适合与于尔克·舒比格相逢——这已经是第二次了。

　　第一次，我读到《当世界年纪还小的时候》，感觉犹如倾听一个智者的呓语。而这一次，我遇到了一个发问的小孩。他莫名惊诧地看着周遭的世界，用自己严肃的困惑、游戏式的提问，让身边的成人不得不凝神思考。

　　这个小孩的提问幼稚却深奥，远及世界起源，近至自己的存在。

目力所及的一切，头脑中倏忽飘过的念头，都会被纳入他的问题。你会惊讶这个小孩提问的能力，他的思考竟是如此"广博"：

"所有的东西都是搭配好的，一个配另一个。""女人配男人"，但也有配得不好的，所以"他们离婚了"。

"那些缺少的东西到底在哪里？像我妹妹，当她还不在妈妈的肚子里的时候，在哪里？"

"如果我们说谎会发生什么灾难？那是因为我们使用的语言错了吗？如果有一种语言，人没有办法用它说谎，那我一定要学；如果有一种语言，人用它说谎而不会被发现，这种语言我更要学。"

天气、风、云、海洋，都值得好好想想。影子也值得仔细研究："阴影比光厉害，它可以穿入关闭的柜子，穿入紧握的拳头，穿入紧闭的嘴，甚至进入人的身体里。"

癌细胞是什么？它就是童话中从锅里漫出来的甜粥，一直流出来，"挡也挡不住，最后还淹没了整个村庄。"

每件事情都可以思索，包括"听"——"我甚至听到空气在低吟"。

什么是人的存在呢？假如世界上已经什么也没有了，"我"和妹妹能做什么？

为什么世界上竟然有那么多奇怪的动物种类？

什么是死亡？奶奶死了，她的双手"不再玩弄被子的边缘，不再摸索睡衣的纽扣孔。我好害怕，因为它们太安静了。"可是，死亡对所有的生命来说都是一件很普通的事。

是的，那个小孩还想了更多的事。包括妈妈和爸爸有时候没有马上睡觉，"他们互相抚摸，他们这样做因为他们是大人。"妹妹安妮说："也许他们不像我们这么怕痒。"

为什么所有的东西都往下掉？ 地球呢？它也往下掉吗？

灵魂在哪里？

我知道我是谁吗？

为什么人要画画？

……

不断发问的小男孩儿就像一个天真而深刻的哲学家。

于尔克·舒比格躲在小男孩的体内，以笔记体的断想，朴拙真实的童稚文字，为我们呈现了一个普通的家庭：沉稳严谨的爸爸、敏感的揣着小秘密的妈妈、爱发问的"我"、只能用"她"来指代的妹妹，以及与这个家庭发生关系的各色人等。更重要的，是他呈现给我们的与这个家庭紧密关联的周遭一切：生命困惑、无常人生、道德伦理、自我认知……

因此，从这层意义上说，这本小书，其实是在探讨幽深的哲学、人生的奥秘。不过，这样的小主人公，决不是作家臆想出来的虚幻形象。他就在我们身边，没错。

俗世中的成人大约早已麻木于我们身处的这个世界了。没有好奇，没有惊诧，没有白日梦，没有……虽然没有这些，可是我们的心上却往往压着石头，负重而行。懒于思考和发现的结果，是导致生活的无趣和苍白。

可是儿童呢？他们惊讶着，探索着，发现着，也欢呼着生活的丰富。读着舒比格这些机巧智慧却又朴素直白的文字，我时不时会想起多年前读过的一本薄薄的译作《哲学与幼童》（柯灵夫人著，陈国容译），它曾经给了我"儿童天生是哲学家"的启蒙教育。

哲学的本意是追求智慧，而追求智慧恰恰又是人的自然本性。皮亚杰承认儿童具有一种"含蓄的哲学"；雅斯贝尔斯则说："我们常常能从孩子的言谈中，听到触及哲学奥秘的话来。"或许正因如此，我们常常能在一些优秀的儿童文学作品里发现真理与人生奥秘——就像眼前的这本《爸爸、妈妈、我和她》。

那个小孩怀着惊讶的情绪，观察着人和事。他说出自己的主见。那些看似平常的生活细节，却蕴涵着深奥的哲理。读书的人，也会跟着一点一点地惊诧起来，从凝滞平淡的情绪里，一点一点地兴奋起来。

在这个故事里，于尔克·舒比格仍然延续了自己的一贯风格，借看似呓语的童稚独白，唤醒大人心中沉睡的小孩，并且重新认识和发现身边的儿童。那些灵光乍现的东西，就藏在句子与句子之间，藏在语词的背后。这样的阅读，很像一种寻宝游戏。当然，究竟能寻到什么，相信每个人的收获都是不同的。

2007 年 2 月 20 日 于上海

爸爸、妈妈、我和她

▶ **J** 于尔克·舒比格
ürg Schubiger

于尔克·舒比格，1936 年生于瑞士。在大学学习过日耳曼语言文学、心理学、哲学。后来先后从事多种职业，在法国南部和科西嘉岛当过包装工、伐木工、园艺工人，也曾做过编辑和出版人。现定居苏黎世，职业是心理治疗师，同时也进行创作。

于尔克·舒比格已出版的代表作品：
《大海在哪里》
《爸爸、妈妈、我和她》
《当世界年纪还小的时候》

▶ **R** 罗特劳特·苏珊娜·贝尔纳
otraut Susanne Berner

罗特劳特·苏珊娜·贝尔纳，1948 年生于德国斯图加特。曾在慕尼黑专攻平面艺术设计，从 1977 年开始成为自由插画家。她是一位在国际上享有盛誉的、获奖颇多的插画家，曾为许多青少年读物和儿童读物绘制插图。

笔记一

笔记一

当我来到这个世界的时候，世界就已经在那儿了。所有的东西都有了：整栋房子、桌子、椅子、柜子、床、洗碗槽、碗橱等等。所有的东西都安排得好好的，一个配另一个。

花园里的桦树也已经在那儿了——当然还有其他的树。其实还不一定要有这么多树。或者说刚开始的时候只有桦树，没有山毛榉，没有苹果树，没有梨树，没有樱桃树，没有桃树，没有李树。或是说，还没有猫，只有狗。如果是这样，那我们的猫咪现在躺着的窗台上，就只有一道阳光。

当我来的时候，爸爸妈妈已经在我身边了。这是当然的，因为就是他们把我生下来的。我认出那个有金黄色小胡子

的男人是我爸爸；我根本不用问，那个戴着眼镜抱着我的女人是谁，我一看就知道她是妈妈了。她当然也知道我就是她的孩子。

我们都很高兴，我们终于见面了。

当我出生的时候还缺很多东西，譬如说，新的音响，还有我妹妹的床，因为那时候也还没有她。她的名字叫安妮，我有时候只叫她"她"。譬如说，当妈妈问，是谁又把电话筒拿起来玩了的时候，我会说："她。"

那些还缺少的东西到底在哪里？像我妹妹，当她还不在我妈妈肚子里的时候，在哪里？只要我想这个问题时间长一点，我就会头晕。我还是把这问题留给爸爸好了，他喜欢想这些伤脑筋的问题。

这个世界上还少什么树？少什么动物？这又是另外一个问题。它们的名字又是怎么来的？

你没有办法把人送回他们来的地方，你必须等，等到他死。如果我妹妹死了，她的床大概也会不见了，一切又会回到原来的地方，只有音响，它无论多大都还会留在这儿。

我不是不喜欢我妹妹，只是有时候她实在很烦人。妈妈说，她绝不会把她送给别人；我想，爸爸也会这样说；我也是，而且我猜也没有人会要她。

当我来到这个世界的时候，长得很小很小。在我身边的东西也很小，裤子、毛衣、帽子，尤其是手和脚。大脚趾就像小脚趾那么大，小脚趾就像小小脚趾那么大。我必

须得先长大，爸爸妈妈已经长到他们的正确大小。当然以前他们也曾经很小，但是现在已经看不出他们原来的样子了。有时候我会想象：小小的爸爸妈妈像两个旅客，身边带着行李，站在玩具火车的月台上。我在对他们挥手。

这世界上所有东西都搭配得好好的，没有漏洞：鼻子搭配眼镜、嘴巴搭配汤匙、屁股搭配椅子、鱼搭配水、鸟搭配天空、牛搭配草地、人搭配衣服、房子搭配床、晚上搭配睡觉、白天搭配醒着、名字搭配东西……想到这些，我就觉得很美好。

妈妈说，有些东西还是没有搭配得很好。有的牛没有草吃，有的人没有衣服、没有房子、没有床。我知道事实有时是这样没错，但是我没办法真的这样想，如果我真这样想，我一定会因为这类感觉而难过死的。

我的脚和爸爸的鞋子不配；我妹妹和书不配，因为她还不会看；我和刮胡刀不配。大人和这个世界很配，小孩子还不太配，小孩子得先上学而且还要学好多东西。

我说："她和我们不配。"妈妈问："谁？"

"她！"我说。这时妹妹哭了，每次只要我说到她，她就生气。

女人配男人，男人配女人。这两个很相配，但是有时候也不是配得刚刚好——女人不太好，或者相反，男人太好。

伯恩哈德伯伯和迪莉阿姨从来就不配，现在他们离婚了。以前看到他们我就会害怕，尤其是看到他们脸上一模一样的亲切表情。自从他俩不在一起以后，他们有了各自不同的亲切表情。

这个世界上所有东西都搭配得好好的，没有漏洞。

雷多和我们住在同一条街上，他就很配他的轮椅，但是不配这条街。我常常怕看到他，不过就那么几秒钟的时间。我怕的不是他瘫痪的腿，而是他笑起来的样子和我们一模一样；他说话的样子和我们一样；他拿铅笔的样子也和我们一样。这实在是很可怕，如果他和我们都一样，到最后我们也有可能和他一样——我们当然不希望像他这样。

有时候他会让我很难过。例如他推着轮椅离开，我在后面叫他，他却没有办法在轮椅上转身，这时我就会很难过。

我不太喜欢他，但是我必须喜欢他，因为我们必须喜欢有残疾的人。

名字配合东西，而且通常配合得刚刚好，你根本不会多想。譬如说，"眼睛"这个词我就想不到更好的，眼睛就配大大的、闪闪发亮的眼睛。妈妈还会其他的话，她认识其他也叫眼睛的字，但是我一听到那些字，就是没有办法想到真正的眼睛：我想到的不是斜眼，就是悲惨的或肿起来的眼睛。

"太阳"这个词听起来是有阳光的。"月亮"听起来就是有月光的。英文叫做 sun 和 moon，也不错，不过听起来就是太短了一点。英文字总在不该停的地方停下来。

英文字就只配英文的东西吗？popcorn 就是配爆米花。

如果我们说谎会发生什么灾难？那是因为我们使用的语言错了吗？如果有一种语言，人没有办法用它说谎，那我一定要学；如果有一种语言，人用它说谎而不会被发现，这种语言我更要学。

　　当我开始学说话的时候是冬天。一夜之间我学会了说"面包"、"再见"，还有很多很多其他的字。外面下着雪，我还不认识"雪"这个字，妈妈说那是雪，爸爸说那是雪花。"雪"这个字很难，但是如果我跟着说雪就会有很美的感觉，一种雪球的感觉，一种雪白的感觉，而且你能学会认识一种东西，那就是雪。

　　我们走到外面的花园里。满天纷飞的雪！雪！雪！我不断地喊着这个白色细屑般的字。雪在不断地下，我也在不停地喊。

　　现在我在脑子里回想这一切：站在花园里的雪人先生、

当我开始学说话的时候是冬天。

雪人太太。后来我还因为太高兴而不停地打嗝。这些我都还记得很清楚，比当初还清楚。

因为在我们家的花园里有一棵桦树，所以我很早就学会"桦树"这个词，我当时以为就只有这一棵树叫桦树。当我妹妹学说话的时候，她叫所有的树"桦树"，叫所有的动物"猫"。

爸爸、妈妈还有我，我们试了她的语言能力。所有的餐具她都说成"盘子"；所有的家具她都说成"椅子"；所有稍微离开身体的部位，包括手指、脚趾她都说成"耳朵"。我指着牛奶问她还要不要喝水，她大喊："不要！不要！"她不玩了！她把头埋在妈妈的胸前。可是我们现在同她说的是她的话呀！

　　我妹妹很讨厌我拿她的东西，虽然有些东西以前是属于我的。譬如说，三轮车。

　　她给我们家带来了噪音，她出生之前我们家是很安静的。那时候妈妈的肚子大得离谱，圆鼓鼓的像团肉球，我妹妹当然没看到那个肚子，她觉得很不公平，所以我必须一而再、再而三地比给她看妈妈的肚子到底有多大。看起来真的很夸张，但是那时候妈妈的肚子真的就是这么夸张。

　　妹妹把一个洋娃娃包在枕头里，然后塞进裤子，她的裤子像要爆开来。

　　今天下了很久的雨，妈妈站在窗户前，雨点飘过她的脸庞。我问她在想什么，她说："想关于寒冷。"

妹妹一边把头埋在玩具娃娃车里，一边大叫："那就赶快穿上你的外套！"

我也试着想象寒冷，可是我已经记不得我想到什么了。我只知道那时想象的本身就很冷。如果你想象寒冷，当然最好是在冬天；如果你要想象流汗，最好是在夏天。

你可以想象任何事物。

妈妈有时想离开家，有时她真的就走了，通常是去南方。让她离家的原因和寒冷有关。爸爸从来不觉得冷，他向来就有正常的体温。

我不了解妈妈，我们不是什么都有了吗？我的意思是说，有时候我还是了解她的，可是每当我了解妈妈的时候，我就会开始害怕，我怕她再也不回来，一旦我开始害怕，我就再也不了解她了。

今天来了一封信，里面是一张汇款单还有一张照片，照片上是一个瘦巴巴的小孩。妹妹瞪着照片看了很久，她用她白白的手指，指着照片上黑黑瘦瘦的脸问："这是什么？"

我说："那是一个小孩子。"

"才不是！"安妮说。她可能以为是一只黑色的动物，是一只小猴子。

"一个小孩子，"我又重复了一遍，"一个没饭吃快饿死的小孩子。"

安妮把信扔到地上，然后跑开。我听到她又大喊了一声："不是！"

"没错，那是小孩子！"我对着她喊，"而且那个小孩子现在已经死了！"

安妮在厨房里大叫："不是！不是！"

我很怕看到那些不穿衣服的小孩，怕看到他们的小肚子，怕看到他们全身脏兮兮的样子，更怕看到他们的眼睛，所以我从来不正眼看那些照片，或者只是瞄一眼。可是没有用，因为只要他们的照片在家里，他们就会盯着我看。只要他们不那样盯着我看，我愿意做任何事情。

笔记二

笔记二

爸爸叫我到地下室去拿一罐糖渍李子，我一点兴趣也没有——星期天我没有兴趣做任何事。

"没兴趣，这是什么意思？"他问，"冰箱里没有啤酒，是没有啤酒的冰箱。森林里没有狐狸，是没有狐狸的森林。你没有兴趣，一个没兴趣的你？就像咖啡杯里没倒咖啡？车库里没停汽车？"

爸爸越问只会把事情弄得越糟。"没兴趣，"我说，"就是对什么都没兴趣，我不想去拿糖渍李子，不想吃东西，不想要面包，不想要奶油，不想被问，我什么也不要。"

"不要面包。"我妹妹说，顺手把放着奶油面包的盘子推开。我撞了她的肋骨一下，她大声地哭了，爸爸把她抱到大腿上。

"对什么都没兴趣，你究竟怎么了？"妈妈问。

"我生气。"我说。

妈妈抱住我，我挣脱妈妈的手臂，我现在宁可死也不要被抱住，我宁可一个人死在暴风雪里。我想象着爸爸、妈妈、警察，还有救护车在风暴中呼叫我，我没有回答，因为我已经死了，我早被掩埋了，我早被冻死或是失血过多死了。他们不停地找我，最后他们终于发现我，搜救犬把我从地里挖出来。当他们把我载回家的时候，我全身是僵硬的。这时候我开始为我的死难过。我跟着爸爸妈妈一起为我的死伤心地哭，这种感觉真好。

我哭得真的很伤心，我的意思是说，不只在外面的暴风雪中，还有今天早上在厨房里，妈妈抱着我，我也不知道我是怎么到她的臂弯里的，她没有哭，她在大笑。

傍晚的时候，我们把爷爷奶奶吓到了。我们坐在爷爷奶奶的花园里玩"不见了"的游戏。我们想象糖栗子不见了，

傍晚的时候，我们把爷爷奶奶吓到了。
我们坐在爷爷奶奶的花园里玩"不见了"的游戏。

我们想象沙拉也不见了，还有其他的东西。妹妹指着除草机说："除草机不见了！"接着她指着奶奶说，"奶奶不见了！"

奶奶没有笑。她只是问这是不是新游戏。爷爷指着妹妹说："安妮不见了！"爷爷的食指几乎碰到妹妹的鼻头，安妮歪着脸什么也没说。

爷爷奶奶是爸爸的爸爸妈妈。妈妈的妈妈不是真正的外婆，我们叫她尤蒂，她的老公是吉恩，就是妈妈的爸爸。妈妈的爸爸很久以前因为车祸死了，我看过他的照片，坐在尤蒂家阳台的一张靠背椅上，面带笑容，看起来像是家里来的客人。

尤蒂通常让我们随心所欲，爱做什么就做什么，但是有时候她又会突然生气。爷爷奶奶管得比较多，但是在必

要的时候他们总是会护着我们。我和妹妹都很喜欢爷爷奶奶，至于尤蒂，我们还得学着了解她。

我梦见一个瘦巴巴的小孩，他闭着圆圆的眼睛。我问他是不是死了，他用一种我听不懂的非洲土语大声说："不是！"

在地球上的每一个地方总是会有一种天气，今天我们这里就起了大雾，雾很浓，浓到让人以为那白色就是天空的颜色。

我想着天气，想着风，想着云，还有其他飘浮在我们头上，介于天地间的现象。它们来自很远的地方，来自海洋，来自俄罗斯，飘过我们的头上要到更远的地方，而且它们在不断地变化。为了想象这一切，我得先把它们在我的脑子里缩小，否则我最远大概只看得到隔壁邻居的墙。天气

这东西就更大，装不进我的脑袋。一只猫身上的跳蚤如果想了解猫身上的毛，也得这样做，它必须先想象出一张猫身上的地图。

有没有人能一下子就想象大的东西，而不必先把东西缩小？这是个高难度的问题。

我喜欢问问题，爸爸喜欢回答我的问题，我的问题通常很短，而爸爸的回答总是长得不得了。

"这就是我的人生吗？"妈妈这样问。她对爸爸说，她觉得自己像是在笨拙地饰演另一个女人的角色。如果让她演自己的角色应该会比较成功。

如果我问同样的问题，我就会马上觉得自己像在演电影。这就是我的人生吗？我饰演一个正在问这个问题的男孩，他的妈妈就坐在他的旁边，他们聊着天，现在他们看着窗外，外面正下着雨。

有没有人能一下子就想象大的东西，而不必先把东西缩小？

我喜欢我演的电影，它就像我的人生一样美好。

当我把我的电影告诉妈妈之后，她叹了一口气，她的脸变得平板，表情像个圣徒，她说："如果我在你的片子里演的是妈妈，那我就再也不必问自己。这一定就是我的人生。"

爸爸、妈妈还有我，我们是不是多多少少有点复杂？譬如说，比文格尔一家复杂。文格尔一家是我们的邻居。布鲁诺·文格尔每天和我一起上学，他是我的朋友。布鲁诺问他爸爸，为什么猫会掉毛，老鼠却不会。他爸爸回答说，这是天生的。他这样说就表示他现在没有时间。

我常常和布鲁诺还有贝德玩印地安人的游戏，我们轮流扮演不同的角色，其中一个扮白人——通常是牛仔、士兵或是毛皮买卖商。然后我们开始打仗，印地安人这一边几乎每次都会赢，因为印地安人有两个。

如果我们只是坐下来望着远方，那么我通常扮印地安人。这时候我什么也不想，在我脑子里我只是一个印地安人的小男孩，我有一双印地安人的腿，一双印地安人的手，我感觉它们的存在，还有印地安人的呼吸。我用我印地安

人的眼睛望着远方，至于另一个印地安人——昨天是布鲁诺扮的——我通常视而不见，不然我会失去印地安人的感觉。他虽然表情装得很严肃——这是唯一像印地安人的地方——但是话太多，而且说的还是德文。

雷多昨天也很想跟我们一起玩，我们说坐在轮椅上不行。但是我们同意，如果他愿意，可以找个地方躺下来扮个垂死的士兵。但他不要，他说他要先战斗，如果被打败了，他才肯牺牲。后来我们看到他额头上绑了一条带子，带子上还插了羽毛，他不像印地安人，比较像一只有残疾的鸟，这真的不行。

那些我们在学校里讨论的印地安人，我觉得像仿制品，但是我还是觉得很有趣，尤其是那些被骗被消灭的部落。一旦我仔细地想象这一切，我就会觉得自己像被消灭，我感到胸口有一块地方光秃秃的。

人们才不会花几个小时去谈论真正的印地安人。

奶奶生病了，到底得了什么病还没有人知道，可能是癌症。爸爸已经和伯恩哈德伯伯讲了很久的电话，他是爸爸的大哥。

奶奶得的是肝病。如果是癌症，癌细胞会不断地吞噬健康的细胞。健康的细胞只会增殖到一定的数目和大小。譬如说，一根手指头一旦长好了，它就不会再长，会长的只有指甲。癌细胞就是童话中从锅里漫出来的甜粥，它从锅里不断地溢出，一直流到门口，挡也挡不住，最后还淹没了整个村庄。

奶奶的目光变得缓慢呆滞，每看一个地方，她的目光就会停留一会儿。我不知道她的目光停留在我身上的时候，她究竟是不是在看我。要保持严肃实在是一件累人的事。

我想象着奶奶的肝脏。她身体其他的部位都很健康而且维持得很好，只是肝脏不好，肝脏四周健康的部分能不能影响肝脏？

今天早晨阳光洒进我的盘子，杯子里的阴影黑得像咖啡。

没有人可以抓住光，也没有人想到要这么做，只有猫会做这种事。阳光在椅背上闪闪发亮，如果你想伸手去抓，你手里抓到的只是影子，阳光会落在你的手指上。

我想好好地研究影子，很久以前我就有这个想法。我坐在爸爸妈妈房间里的一个大衣橱里，把门关上，现在就剩我和影子。我闻着衣服的味道，听见自己喘息的声音，我先是张着眼睛直直地看着前方，然后闭上眼睛。我感到两种漆黑阴暗：一种是橱子里围绕着我的漆黑；一种是在我体内的漆黑——就在我的眼帘下。

我猜想得没有错，阴影比光厉害，它可以穿入关闭的柜子，穿入紧闭的拳头，穿入紧闭的嘴，甚至进入人的身体里。

我对爸爸说我的想法，他不同意我的话。他认为阴影会的只是光办不到的事，它只能到东西的后面，那里原本就是它的位置，但是光的位置在前面。

我要爸爸把事情再好好从头到尾想一遍。我们两个一同坐在大衣橱里。我们把衣服推到旁边，这次阴影又不一样了。现在有人坐在我身边，位置窄了一些，但是不再那么阴暗。我们谁也没有说话。

过了一会儿，爸爸说："假设……"我闻到他的呼吸，闻到"假设"这两个字。他说："假设水从窗户流进这个房间，虽然我们躲在衣橱里，但是我们不可能不被水打湿，我们的脚不久就会湿了。如果有人打开外面的灯（爸爸用舌头模仿电灯开关的声音）……"

"那什么也不会发生。"我说。

"没错，"爸爸回答，"水的流动力和光是完全一样的。"

"水是液体。"我说。

爸爸不说话，像在思索什么。最后他说："对。光就像箭，是直着行进的；水是随形的，有时弯曲，有时直线，有时它还会绕点路，最重要的是，它要往下流。"

我们坐在很差的空气中，停留了一段时间。虽然事先没有说好，但我们都知道那是一种竞赛：谁憋得比较久？

妹妹在叫我们，她在找我们。她在衣橱前面站了一会儿，然后又走开。

当爸爸把衣橱的门撞开的时候，我们两个都快要吐了。我们两个喘得像狗。我赢了。

在衣橱里我们没有得到新的结论。爸爸还是坚持他对光的看法，而我到现在还是不知道该不该坚持我自己的看法。

笔记三

笔记三

　　我们玩手影戏。安妮扮胖公主，妈妈是被胖公主吃掉的奶油面包，我是可怕的陌生人，爸爸是一匹马，因为他会用手影做出马头。

　　妈妈每次玩这个游戏的时候总是变来变去，一下子是奶油面包，一下子是巨人，一下子是正在看书不愿意被打扰的人，一下子是窗户，一下子又是男人。她变来变去，想到什么变什么，刚才她又变成一张婴儿床，你刚躺在她身上，她已经开始哼哼叫了，也就是说她现在又变成了一

头母牛了，你实在不能相信她。妹妹最喜欢演公主。我一直都演印地安人，但是现在我演可怕的陌生人。爸爸也会换演别的角色，但是不像妈妈那么常换，今天他最先是演一匹马，然后是一辆说话像老师的摩托车，爸爸本来就是一个老师。

我不再写我妹妹，我已经答应她不再写她了。

我在傍晚时候的影子要比爸爸在中午时候的影子长，也比妈妈的长。关于妹妹的影子我什么也不写。

不管影子是长是短，它都是和脚连在一起。先决条件当然是你必须站着或者正在走路，而且它总是到哪儿都跟着你。晚上，在黑暗中，影子就是夜，夜就是影子。

当佛利老师站在世界地图前面的时候，我想象着在她绿色毛线衣底下的肝是健康的，她用手指着地图上的海洋，脸上带着笑容，好像她没有肝似的。

奶奶病了，她知不知道在她身体里起了什么变化？她看不见也几乎感觉不到，但是这些就发生在离她最近的地方。

身体里到处是黑暗，只有在身体上方，人可以往外看。

我开始思索"听"这回事，但是没什么结论，我只好每次都从头开始。我听到门的声音，听到工地里敲敲打打的声音，听到一辆又一辆汽车的声音，听到铅笔在纸上滑动的声音，只要你注意倾听，所有的声音都会变得越来越清楚，越来越动听。我像夜行动物一样张着大耳朵仔细倾听周围的一切，我甚至听到空气在低吟，除此之外，我还没想到其他的——目前什么也没想到。然而我想关于"听"

身体里到处是黑暗，只有在身体上方，人可以往外看。

还有很多可以写的，在这里我至少还可以再写上四五页。

妈妈说她心里的石头总算落了地。

妹妹迷了路，文格尔太太在市场旁的公车站看到她，顺便就把她带回家了。这是我写有关妹妹唯一的部分，再说重点不在我妹妹，而是妈妈，还有她心里的那块石头。

上个星期她在家里走来走去，每次她想离家的时候就是这个样子。这是她的预备动作。"我要走了！我要走了！我要走了！"她嘴里这样念着。

她大声说:"离开这里!离开这里!离开这里!"她很激动,不像母鸡而是像一种更小的毛皮动物。她把衣服乱七八糟地丢成一堆,衣橱前面摆了一个打开的皮箱,在她走之前,她盯着我的脸看了很久,她说她想记住我的脸,以免以后看到我时不认得我。她要离开很长一段时间,我知道她的意思是永远。

当我想到让妈妈带我一起走的时候,妈妈可能已经到了火车站,甚至已经上了火车,我忍不住开始哭起来了。我想擤鼻涕却找不到手帕,这么一来我哭得更伤心。没有手帕,没有妈妈,什么也没有,面前只有一张桌子、几把椅子、一盏灯、还有布帘上的皱褶。一张伤心的桌子、几张伤心的椅子、一盏伤心的灯、还有布帘上伤心的皱褶,四面墙就像抹平的麦粉糊,既伤心又恶心。这时传来锯子的声音,街尾的面包店正在重新装修。

妹妹在花园里玩,她跑进来看到我哭。她全身又湿又脏。

我说:"妈妈去面包店了。"其实面包店正在装修,东西都收起来了,根本不营业。不久前我们才透过橱窗,看到原本放东西的架子,现在是空的。

妹妹又走了出去。先前她把她的小熊洗干净,摆在一条毛巾上晒太阳，现在她要看看干了没。

爸爸在聚精会神地想事情，他现在表情严肃，但是不凶，而且有点心不在焉。当我问他恐龙的蛋大概多大的时候，他回答我："对！"他懒散地站着，脸上的表情就像妈妈留下来的东西一样紊乱。他把东西收拾干净。妹妹拉着吸尘器在房里跑，她让吸尘器的噪音不断地响。

我们买了一个冰淇淋蛋糕，而且在晚餐前就已经把它吃光了，根本没有肚子再吃下任何东西了。

妈妈在深夜里回来了。我们没有听到她走进来的声音，她抱住我们，一再地抚摸我们。她大概没有想到她还会再看到我们。她哭了，她的眼镜后面蒙着雾气。爸爸把意大利面弄熟。突然间，他看起来很悲伤。我们看着妈妈吃，我和妹妹也饿了起来。我除了饿的感觉，也许还掺杂着愤怒；或者愤怒和高兴都有；也或许愤怒、高兴还有饥饿的感觉通通都有。

如果妈妈心里再有一块石头，那走的人会是我。

我时常害怕某一天或某一个夜里，整个世界会在我的脚底消失，连脚踩的地方都会消失，当我醒来时，所有的一切都不见了。

有时候我一大早醒来，眼睛却不敢睁开。我一个人孤孤单单，这世界上什么也没有。我感觉到自己的呼吸，在这个大气层中，我是唯一一个会呼吸的东西，我憋住气感觉自己的心跳：咚、咚、咚，就像鼓声。

接着我听到妹妹的声音，她像平常一样说话，好像什么也没发生。也就是说，除了我，她也存在。可是世界上已经什么也没有了，我们是唯一存在的东西，我和她能做什么？我感觉到在我身体下面的床，妹妹的床当然也还在，否则她早就大吵大闹了。接着我听到山鸟的歌声，它像平常一样唱歌，也就是说它很可能站在一根很平常的树枝上，而这根树枝一定是和树干连接在一起，而树干一定是从泥

我一个人孤孤单单，这个世界上什么也没有。

土里长出来的。我们的床一定也是站在地板上，地板是房子的一部分，而且一定是被固定在四面墙之间。

现在我已经敢睁开眼睛，但是我还不想睁开，现在我几乎确定我的墙，还有安妮的墙都还在。我可以安心想象世界末日的情景了。

我们到医院看奶奶。外面风好大，树木好像在急驰，而远处的蓝天固定不动。人们可能会觉得奇怪，为什么墙和路灯都不会飘动。医院里面到处都是医院的味道，甚至还在厨房的午餐在空气中散发的菜香也掺着医院的味道。房间里很热，爷爷坐在奶奶的床边，他挪了一下位子好让我们和奶奶握手。我问奶奶："好一点了吗？"奶奶刚刚已经回答了爸爸妈妈同样的问题："今天好多了。"

奶奶没有回答我，只是抓住我的手，她紧紧抓着我的手，一直到她转头去看站在床的另一边一动不动的妹妹。

房间里还躺了另外一个老太太。她有一头黑发，黑得就像乌鸦的羽毛。她脸上搽了粉还化了妆，可能是在等要来看她的人吧。妹妹一直盯着她看，最后老太太向她招手要她过去，妹妹吓了一跳，眼睛赶紧看着地上。

从病房的阳台可以看到整个城市，我和安妮站在阳台上，风已经没有那么大。我们看着下面的停车场，那些汽车就像一个一个的蛋，人们就好像从蛋里破壳而出。看到爷爷要到阳台上抽烟，我们赶紧停止了笑声。

笔记四

笔记四

我们到动物园去玩。从前几次的游玩中我们已经认识了很多的动物：貘妈妈、貘宝宝、两只巨龟、秃鹫柯比、蕃茄蛙，还有海狗家族。我们认识这些动物，但是它们好像都不认识我们。

有时候你会惊讶世界上竟然有那么奇怪的动物种类，尤其是鸟类和鱼类，有些真的长得很夸张。譬如说火烈鸟和非洲鹳鸟，还有子弹鱼及赤火鱼。爸爸说它们就是适合它们的环境，就好像我们适合自己的房子和花园。原来不只有奇怪的动物，还有奇怪的环境。

那些貘在打瞌睡，它们在睡梦中抖动耳朵，扭转长鼻，就连貘宝宝也一样。它早知道当一只貘就要有那些动作，它不需要看它的爸爸妈妈怎么做，它一出生就知道该怎么做了。

那些奇怪的动物不会因为它们奇怪的动作而觉得不好意思，它们做这些奇怪的动作，就好像是天经地义的事。

那些被关在鹦鹉笼里的麻雀看起来要比其他地方的麻雀自然多了——譬如说在我家花园里的那些麻雀。爸爸提议我们留15分钟看那些普通的动物。刚开始我们只是继续看着麻雀。它们在火鹤的水池边喝水，在野鸭的饲料槽旁跳跃，在驯鹿的身边用砂砾洗澡。最后，一只野雀、一只山鸟也加入了它们，妹妹特别爱看很小的动物：苍蝇、蜜蜂、毛毛虫……有一个站在雨林鸟屋里模仿鸟叫声的人，我们也把他算作是普通的动物。

有些动物区就好像是另外一个世界：在美洲野牛的四周就有那么一点像美洲大草原；斑马的四周就有那么一点像非洲大草原。妈妈说骆驼半闭着眼睛是在想象它们的面前是一片沙漠，一片沙漠，一片沙漠……它们努力想象着，差一点就成功了，于是它们继续想象。

有只猴子看起来像一个老印地安人。我们大笑，但是它看来仍然既严肃又悲伤，所以我们只好向它说声对不起。

妈妈收集了很多奇怪的动物名字：眼镜熊、康杜、大角山羊、羚羊。在动物画册里我们找到更多更奇怪的名字：沙漠吹哨者、吻花者、花头小鹦鹉、棕嘴长尾猴、月甲袋鼠。我们的猫就叫家猫，我找不到更好的名字。

爸爸在想事情，他看起来像一只动物，一只我不知道名字但是确实存在的动物。

妈妈在学火鹤的样子。她在花园里歪着头单脚站立，一动不动，妹妹也一动不动地瞪着她看。妈妈又变回我们的妈妈，但是妹妹还是保持不动的姿势看着妈妈。她的表情像一只兔子，像一只突然停止吃草的兔子，身体静止不动，只有覆盖在毛皮底下的心脏还在跳动。

奶奶快死了，要开刀也已经太晚了。她张着嘴喘息，妹妹站在我旁边，我们两个看着奶奶的脸。安妮在我耳边小声地问："奶奶的假牙怎么不见了？""可能是护士小姐把它拿掉，好让奶奶的呼吸更顺畅。"没有牙齿的嘴巴很可怕，发出来的声音也很可怕。事实上我并不害怕，那听起来像工厂里发出来的声音，像笛鸣又像铃响。我忍不住笑了，只有嘴角笑，我的脑袋里不断出现一些和奶奶不相关的想法，甚至我自己也觉得莫名其妙。想法有时也会找错脑袋。

妈妈嘴巴里哼唱着奶奶最喜欢的歌：《快乐的吉普赛生活》。她哼得很慢，以至我刚开始听不出旋律，我猜想奶奶真的在注意听，因为她闭上嘴，而且呼吸变得平稳。

爷爷一直坐在旁边，护士小姐们在他身边走来走去。她们接过我们带来的花，并且还找来了一个花瓶。爷爷喝了原本是要给奶奶喝的茶。

隔壁床那个黑头发、脸上搽粉的老太太不见了。

爸爸牵我的手，把我的手放在奶奶的手心，我感觉到奶奶轻轻按了两下，之后我就不知道奶奶是不是还握着我。当我、妈妈，还有妹妹离开的时候，奶奶把她的手放在被

子上，爷爷轻轻地抚摸她的手，然后把手稍稍挪正。看到奶奶苍白的手指，我突然感到害怕，它们不再玩弄被子的边缘，不再摸索睡衣的纽扣孔。我好害怕，因为它们太安静了。

死亡对所有的人类、动物和植物来说是一件很普通很正常的事，但是对一个垂死的生命也许就不是这样。死亡变成是一个生命的例外。我对死亡的感觉很模糊，但是爸爸不一样，他不说话，静静地看着桌布，然后突然站了起来。他没有时间。

当我们在河边散步的时候，有两只天鹅从我们眼前飞走，妹妹被吓哭了。这时候已经很晚了，天色渐渐变暗，四周变得很安静，只有对岸的草地里有什么东西动了一下，我们带来要喂水鸟的干面包是多余的，那些动物都已经睡着了。

我看到一只蝙蝠。爸爸自己没有看到就坚持说那不是。

　　死亡对所有的人类、动物和植物来说是一件很普通很
正常的事，但是对一个垂死的生命也许就不是这样，死亡
变成是一个生命的例外。

他和妈妈正在说他们的话。他们搭肩走着。就算爸爸现在很悲伤，也不能说他所说的话都算是对啊！我要再说一遍："我看到一只蝙蝠！"

"也许是一只蝙蝠。"妈妈对着爸爸的肩膀说。

我把所有的干面包都扔进河里，这一丢，吓到了一只躲在草丛里的水鸭。

妹妹吵着要回家，妈妈一把把她抱起来，不停地亲她的脸颊。妈妈没有想到，安妮的雨鞋可能会把她的裤子弄脏。

爸爸和妈妈通常睡同一张床，我有一张自己的床，妹妹也有她自己的床。

"我们不需要夜里有人可以抱在身边，我们宁可独自睡觉。"我说。

妹妹赞同我的话："对！我们宁可一个人睡觉。"

我告诉她，妈妈和爸爸有时候没有马上睡觉，他们互相抚摸，他们这样做因为他们是大人。

安妮说："也许他们不像我们这么怕痒。"

爸爸自从奶奶去世之后看起来变矮了，像缩了水一样，我可能也缩水了，我感觉胸口紧缩。刚才和爸爸说话的医生原本就很矮，非常矮，但是抬头挺胸。每次护士小姐问他什么，他都知道答案。

最终只有躺着的奶奶没有变矮。

爷爷又站在阳台上抽烟，我不能想象他接下来要怎么过日子，大概他自己也不知道吧。

外面没有风，整个城市笼罩在一片薄雾中。要是树枝开始摇动，你可以推测很可能是因为小鸟在上头跳跃的关系。我想象着天气永远像这样不会再改变，太阳像个在雾气中的大圆盘，一天又一天，一天又一天，一天又一天。

我们坐在客厅里，爸爸妈妈正在写要发的白帖子上的地址。

在服丧者下面也有我和妹妹的名字。

小孩子出生、结婚、或是有人死的时候，人们会发帖子。可是要有人差点被汽车轧死，但幸运逃过一劫，就不用发帖子。有的人一生还不止一次死里逃生，像以前住在我们家隔壁的罗丝玛莉，每年都会遇到一次。

妹妹用责备的语气问："死的为什么不是尤蒂？她也很老了。"

牧师向大家叙述奶奶的生平，包括她在哪里出生，上哪一所学校。她是一个快乐的小孩，很乐于帮助他人。我从来没有想过奶奶也曾年轻过，我不能想象她有一段没有爷爷的日子，没有爷爷那当然也就没有爸爸。

接下来牧师说到耶稣的故事，说他当初如何受折磨，如何被陷害而死，也就是因为这样，他为奶奶——也为我们大家——开了到天堂的路，至于到地狱的路，那是我们自己找的。

爸爸在他两个哥哥旁边看起来很年轻，根本不像一个爸爸。妈妈哭了，开始是在爸爸的肩膀上哭，后来自己一个人低头哭泣。

在餐厅吃午餐的时候，贝蒂丝姑妈说："生命生生不息。"很多人点头，脸上的表情悲伤。我不喜欢她用"生命"这个字眼，也许是因为她的声调听起来很奇怪，也许是因为这个字眼本身就很奇怪，总之我觉得讨厌。好像她没有权利说这个字眼，好像这个字眼只属于我们：妈妈、爸爸、我，还有安妮。因为我们已经用这个字眼思考过我们的生命。

下午在楼梯间，马可说了一个笑话，我不知道笑话的开头，因为我是后来加入的，但是我知道结局：屁滚尿流！所有人都笑了，我不解地问："这是什么跟什么？"他们笑得更大声，他们的脸让我惊讶，但是我很可能也跟着笑了，然后我一个人走路回家——带着空虚的感觉。

我真的和其他人不一样吗？很不一样还是只有一点点？我有两只手臂，每只手臂上连着一只手，每只手上有五根手指头，每根手指头上有一片指甲。我的肚子在前面，背部在后面。我在想：去死！如果这还不够正常的话。

也许我只是内心跟其他人不一样，只有空虚的感觉在那个地方。

笔记五

笔记五

　　有时候我妹妹会整天乱丢东西，她把可以丢到地上或打翻的东西，丢的丢，打翻的打翻。今天她就扔了一整天，一直到现在——下午1点35分，她总共扔了以下的东西：

　　一、她的睡衣（在床前）；

　　二、一把汤匙（在厨房的地板上）；

　　三、蜂蜜面包（在厨房的地板上）；

　　四、一个苹果（在浴室）；

　　五、一双鞋子（在客厅），然后把自己绊倒；

　　六、针织的玩偶瓦陶特（不知下落）；

　　七、一把刀（在她的脚边）；

　　八、热汤（从嘴巴里吐到桌子上）。

当她第一次把蜂蜜面包扔到地上的时候，就问爸爸："当你没有把东西拿好的时候，它就会掉下去吗？为什么人需要钉子、绳子还有夹子来固定东西，防止它们掉下来？"爸爸解释了一大堆，第二片蜂蜜面包对他来说掉得可真是时候。

妈妈说，就像那些太空人，不久前我们才学到外太空，在月球上即使一个胖子也几乎没有重量。虽然我们知道还没有胖子到过月球上。

爸爸说："如果我们不会跌倒，那就没有东西可以稳稳地待着了，就连我们自己也不会稳稳地站在这里，更不要说真正地站立行走了。"

爸爸在花园里翻土的时候挖到一块大石头，他用双手把石头举高，然后让石头掉下来。"这就是地心引力。"他大声说。接着他又拿小一点的石头做同样的实验，接着又拿地上的水壶，接下去是圆锹，然后又用鞋子等等，他不断地试，一点也不觉得累。到处都有地心引力。他丢了这么多东西只是要证明所有的东西都会往下掉，其实他丢第一块石头的时候我就相信了，而且这个事实每个人都知道。

妈妈说可能有例外，再怎么说也没有人可以拿所有的石头、圆锹或鞋子来试验。有时候妈妈就是不愿像爸爸一样相信某件事。"你们根本不会注意到万一什么时候空中飘着一块石头。"她一边说一边抬头看着天上飘浮的云。虽然她在笑，也许她是认真的。

妈妈的思考像会飞的小鸟，爸爸的思考则像上面有小鸟筑巢的树木。有时候会反过来，但是很少。

"地心引力"成了妹妹最爱的字眼，她发音正确，不像她平常说的话。她喜欢用这个字眼，尤其是她干了愚蠢的

事之后，有一次她拿剪刀戳我的脚，她一口咬定那是因为地心引力的关系。

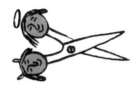

为什么所有的东西都刚好往下掉？地球呢？它也往下掉吗？

谁能证明让奶油面包掉下去的是地球的引力？难道不可能是奶油面包的引力？一个星期以来我们把这些问题写在一本书上，这将是一本只有问题的书，不允许有答案。但是爸爸还是把他知道的都说了，除此之外，还有他自己想出来的答案。

不同的东西怎么可能有一样的特性呢？石头有大有小、有圆有方，但是只要没握好，所有的石头都会往下落，而且所有的石头都是硬的；所有的动物都会动；所有的人都长得和我不一样，但是每个人都有眼睛、鼻子、肚子。为什么他们也正好有两个耳朵、两个眼睛、两只脚，而单单一张嘴？为什么不是两张嘴巴，一张在右脸颊、一张在左脸颊呢？

　　为什么会有相同的东西，而不是每一种东西都不一样？如果每样东西都不一样，我们就会有不同的语言。每种语言的每个字代表的就只有唯一一个东西，所有的东西就都只有一个：一把椅子，一张桌子，一盏灯，一本书，一支笔，一棵树。世界上也只有一个人，但是有很多字是指这个人的，我也许就是这个人。我坐在唯一的一把椅子上，面前摆的是唯一的一张桌子，那我会很悲伤。

　　有这些想法正常吗？会不会有人有相同的想法？所谓正常，就是很多人都是这么想。大体上来看，我应该算是正常，和我爸爸差不多正常。只是可能是另类的正常吧。

　　也许真有完全不一样的人，只是我们没有注意到。他们不是我们的同类，而他们也不知道他们究竟该属于哪一

也许真有完全不一样的人，只是我们没有注意到。

类。为了不引人注目，他们故意和我们做同样的事，他们像我们一样刷牙，像我们一样大小便，像我们一样读书、写字、大笑，还有睡觉，但是他们这么做只是因为他们必须和我们生活在一起，其实他们根本不想和我们一样。

爸爸把钞票放进钱包之前会把折角先弄平，他会把果酱里的霉菌捞出来，他会把月历弄正，他会把没必要开的灯关掉。是妈妈让我注意到这些小细节，爸爸在不断纠正一些小问题。在他的身边你会注意到这个世界应该会更好。

每当他修理东西的时候他就像在沉重思考着什么，一副很疲惫的样子，譬如说，如果他修理一个电插头，那他就不只在想电插头，而是在想整个电学。另外，如果有人话很多，而他必须努力倾听时，那他看起来就会显得很疲惫，譬如说，当爷爷述说他过去的事业的时候。

他那张疲惫的脸很像伯恩哈德伯伯疲惫时候的脸。伯恩哈德伯伯整天都在抽烟，时常大笑、咳嗽。有时他会突然间有一张疲惫的脸，然后我就会看到他的额头上堆起的皱纹。这中间有我无法理解的东西，但是我不知道那是什么。

妈妈看起来不像家里的任何人。每当我不懂她在说什么的时候，我就会很难过。妹妹说的话我都懂，除非她胡说八道鬼扯一通。

爸爸说，我们不知道爷爷要如何重新安排他的生活。我想象着一个正在迈入新生活的老人。贝蒂丝姑妈有一次对他说，他还年轻。听到这话他吓了一跳。

妈妈正在翻译一本小说，她把它从法文译成德文，她主要的工作就是在屋子里晃来晃去寻求适合的字。譬如说，

她在厨房全神贯注地倾听，如果在那里她听不到她想要的字，她就再走到别的房间。常常她就只是站着发呆，她大概忘了自己，也忘了她要找的字，她站着不动就像一个静止的钟，"孤立无援"这个成语是不是很适合形容她？

有一次我问她我的灵魂在哪里，她说："就在你的眼睛里。"

"灵魂是看不见的。"我说。

她肯定地说："但是在你身上我看得见，刚刚你说'看不见的'的时候，灵魂就在你嘴角上。"

"那你的灵魂呢？"我问。

"跟你一样，当你看着我，跟我说话的时候，它就会出现。"

如果我想象灵魂是在我的胸腔里面，我会觉得比较自在，这样我也比较容易感觉到它的存在。

妈妈对灵魂懂得一定不少，但是我还是想听听爸爸怎么说。我问他，他的灵魂在哪里。他说，不知道。它又不知道躲哪里去了。接着他问妹妹："我的灵魂在哪里？"

她说："我没有拿走，真的，我没说谎。"

爸爸和妈妈的想法一样，他们认为灵魂会漫游，是飘忽不定的，它有时会躲藏起来，有时又会突然出现。

妈妈要出去一个小时。她说："说了太多话，我要出去走走。"

尤蒂像皮革做的，她的灵魂也是。她还不算老，但是也不再年轻。她常穿一条宽宽的裙子，每当她走路的时候，裙子就会在她身上摇摆。她走路的样子非常配合裙子的摇摆。除此之外，她说话时所用的字眼，我和妹妹常常搞不懂，譬如说，她不问："你们好吗？"却说："哈罗！小小孩，你们最近在做些什么？"她指的当然是我和安妮。

真正的老人不像尤蒂这样，他们是除了大人、小孩子以外的第三种人。我们在火车上看到过一个老太太，她解不开她大衣的第一颗纽扣——也就是下巴下的那一颗。她试了三次，四次，五次，六次，七次，八次，九次，十次……她的手不断颤抖，我们都很好奇，那她在家里是怎么把纽扣扣上的。

老人会把他们会的，还有原本知道的，慢慢忘记。他们先是把名字搞错，最后他们连人也会弄不清楚。要是有什么东西他们没办法弄好，他们就会腼腆地笑，因为他们觉得丢脸，但是他们会继续试，有时候他们会成功，有时候他们还是会失败。

有时候你可能会以为老人们很讨厌你，其实他们有时候只是心慌意乱、手足无措，因为他们正在担心别的事。譬如说，窗户卡住啦，水管不通啦。这是爸爸的看法。有时候他是对的，但是并不是每次都这样。有时候那些老人真的满怀仇恨，有时候就只是因为一个苹果，要是他们还能跑得快，他们铁定会宰了那个偷摘树上苹果的人。

他们会越来越没办法应付生活，就连躺平也有困难，更不用说尿尿。

老人总希望医生无论如何能把他们再医好。至于爷爷，他到目前为止还很健康。有时候我会想，我们应该趁现在赶快再爱他多些。

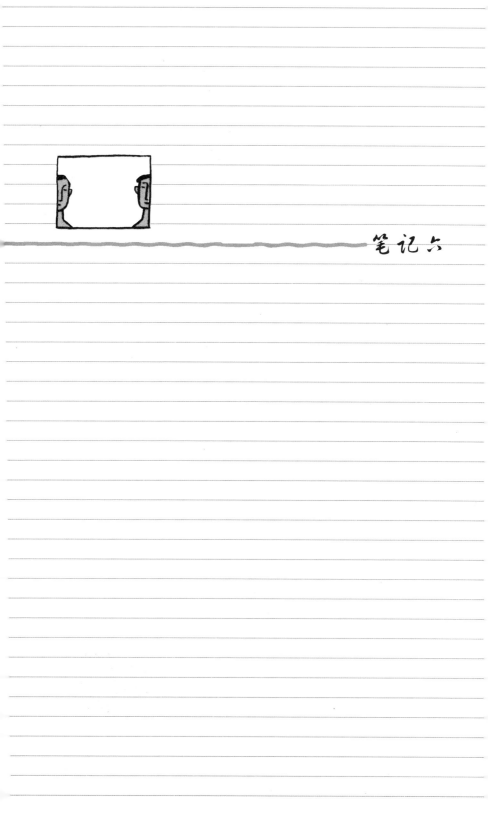

笔记六

笔记六

印地安人不知道什么是守护天使，但是他们也有守护神，通常是动物。这些动物会赐予他们和他们的族人力量，我们或许也有这样的动物。我这样想象：我们每个人都有一个象征自己精神的动物，而且一辈子不会改变。例如说，猫、土拨鼠、鳟鱼、乌鸦，还有蛇，等等。不是我们选动物，而是它们选我们。当我们出生的时候，我们的精神动物早已经坐在床边等我们了；当我们死的时候，它还会久久停留在我们的房间里。它们在我们四周游走，就好像游走在森林的树木之间。我们看不见它们，我们认不出它们，但是它们就在那儿，它们的影像比电视新闻里的美国总统还清晰。

我的精神动物可能是一只啄木鸟；奶奶的一定是某一种家畜；至于那些凶恶的人，他们的精神动物一定是一些害虫之类的。

布鲁诺他们家——也就是文格尔这一家——跟我们是不一样的人，我的意思不是说他们的姓名和我们不一样，或是外表长得和我们不一样，或是他们家的家具、书、植物和我们家的不一样，而是他们家走廊的气味闻起来不一样。还有文格尔太太拿信件进门，把信件放一边，然后脱外套的样子也不一样。她洗完碗盘，在手上搽乳液的样子也和妈妈不一样。我实在也说不上到底哪里不一样。我的意思是说，事实上我知道，只是我说不上来。

　　文格尔一家总是知道下一步要干什么，好像原先就约好似的，但是我要是到他们家去玩，我就什么也不知道。文格尔先生一坐下来一定会叹一口气，如果文格尔太太坐下来，她会说："好了，现在我们可以开饭了！"我认为她做的菜一定不会输给妈妈，但是我还是不敢大胆地吃，我总是一口一口小心地嚼。

对别的人来说，我们也是一样的人。我们已经习惯自己的生活方式，对我们自己而言再自然不过，我们家的味道也许和别的地方完全不同，这实在难以想象。妈妈常把手边正在看的书推开，放在桌子上、窗台上、或是花园的围墙上。如果妹妹去碰书，妈妈会很生气，但妈妈还是会照常把书随手乱放，妹妹也照常把书拿走——她抱着书到处走，也会翻着书假装她在看书似的。

在文格尔家就不会发生这样的事。这只是其中的一个例子，也许不是个好例子。

吃完了晚餐之后，我们讨论"跟别人不一样"这件事。我们讨论我们到底哪里和别人不同，我们说到爸爸擤鼻子的方式有多麻烦；妈妈如何用手挥去她的烦恼；如果没有人注意听，我说话常常越说越急；至于安妮，每当她把手指弄得脏兮兮的时候，她看手指的样子也和其他人不一样。我们对自己的样子知道的真的很少，谈蒸汽锅或是文格尔一家可要比谈自己容易多了。

"我们再怎么样也闻不到自己的鼻子。"爸爸说。

如果我们真的和其他人不一样，怎么个不一样法别人应该知道。譬如说，文格尔家的人应该最清楚，我可以问问看，但是恐怕他们不懂我在说什么。就这一点而言，他们家也和我们家不一样。另外，他们家的桌子上老是摆着芥末，相反，我们家就几乎不摆。

我们试着要和平常完全不一样：在餐桌上我们玩了一下"大风吹"。我们换了位子，爸爸像餐厅里的服务生一样站着为我们服务，妈妈头上戴了帽子，我用左手吃饭，妹妹却什么也不吃，她只是呆呆地看着我们。当妈妈开始唱："吃吧！吃吧！安妮，拜托你！看在老天爷的份上，你就吃吧！"妹妹大声哭了起来。这一切太突然，她可能吓坏了。她这一哭让爸爸妈妈马上恢复了平常的样子，妈妈把帽子摘下来，然后在手上玩了一会儿，爸爸则坐到剩下的那张空椅上。

我继续用左手吃饭，我觉得自己有点可笑，但是我一个人（也就是因为自己一个人）坚持到了最后。坚持到最后对我来说没什么稀奇的，倒是用左手吃饭，我觉得很新奇。

事实上，我们没有办法完全换一个样子，毕竟我们只能把衣服脱下来，而不是把我们的皮肤也脱掉。

我们究竟是什么样的人？我把这个问题也写在我那本专门记问题的书上，妹妹还在问题后面画了一个问号，而且画颠倒了。

我知道我是谁吗？我不确定我是不是真的知道我是谁。

打雷了，猫咪翻起一只耳朵，它痛恨雷雨，而我痛恨花椰菜。

天空又恢复清新湛蓝，在天和地之间只有空气，空气又变得透明。佛利老师常说："坏天气？世界上根本没有这

种东西。"这是她最喜欢说的一句话，可能也是事实。她每个星期至少会说一次，而且每次她说的时候脸上总会做同一个表情，好像她偷偷告诉我们一个秘密——一个每次都一样的秘密。

从前我一直认为天蓝色就是天空的颜色，但是现在我知道天空只是看起来如此，而且我也知道为什么。在天空上面是太空，太空不是蓝色而是黑色的。

"太空"是我认识的最空洞的字眼，它听起来比空洞还空洞。"充满"这个字眼听起来很满，但是又不是像糖渍水果罐那么满。

妹妹光着脚丫在家门口踩到碎玻璃片。她跑进厨房，看到满地的血迹，她吓坏了，我也吓坏了。妈妈不在家，我不知道她去哪里了。妹妹越哭声越大，我拿一块胶布贴她的脚，但是血还是不断地流。我用绷带把她的脚整个缠起来，绷带被血染得又湿又红，我害怕安妮真的会失血过多。

看着别人痛苦，和自己痛苦一样难过。痛苦的人会获得同情，但是看着别人痛苦的人什么也得不到。所以说，有时候看着别人痛苦比自己痛苦还难受。

安妮脚上缠着绷带坐在厨房的地板上动也不动，只是一直哭着。邻居的太太也不在家。我冲到街上，看到妈妈正好回家，她刚才到邮局去了。回到家她马上用胶袋罩在安妮的脚上，接着叫了一辆出租车，急忙赶到黑斯医生那儿。

我曾经有一次在夜里肚子绞痛，那种痛就好像一个大洞，你整个头就栽在里面，而且你根本没有办法再思考，就连呻吟都觉得痛。

这世界上有两种人：男人和女人。妈妈说，真的就只有这两种人，而不是三种或四种，因为有这两种人就够了。

而这两种人的差别和传宗接代有关，所以说小孩子是父母亲繁殖的结果。

在女人身上，除了你平常从外观看得到的，没有什么比较特别的部位。在男人身上可以看得见的东西，也没有多出多少。但是人身体上有些有趣的部位，譬如说，嘴巴。一张嘴巴里有各种不同的牙齿，还有舌头。但是除了牙齿之外，没有人会想到要看嘴巴里的东西，因为嘴巴和传宗接代没什么关系。

我们和隔壁邻居的小女生罗丝玛莉玩过两三次牙医的游戏。不久前，罗丝玛莉才搬走。玩的时候，罗丝玛莉必须保持不动，闭着眼睛张着嘴巴，她的舌头像蜗牛一样软，我刚开始还真不习惯。妹妹要我也看看她的嘴巴，她觉得这是件很好玩的事。

我用小手电筒照她的嘴巴，用一根钩针轻敲她的舌头，她咬了我的手指头。

此外，女人还有胸部。

我们原本就是哺乳动物，只可惜我们身上的毛都退化了，只剩下一部分还长毛，也就是头部，这里老是长太多的毛。如果有一天我长胡子，我想我大概会把它留长。

这世界上有两种人：男人和女人。

爸爸每天刮胡子，每次他刮胡子的时候整个脸就会扭曲。每当我看着他和镜子里的他，他就会故意把脸扭曲得更夸张。

他和镜子里的影像就像双胞胎，我觉得我和镜子里的我没什么亲戚关系，顶多像堂兄弟。站在镜子里的人就像一个没按电铃自己跑进来的人。

有一辆警车开进了我们的巷子。我吓了一跳，雷多吓了两跳，他很紧张地说："我们没有做坏事！"一边往前推着轮椅上的轮子。

我问："为什么？"

"我爸爸妈妈也没有做坏事。"他说"做坏事"的时候咬字特别清楚。

我说："没有，当然没有。"

雷多看着他的鞋子。你一看就知道那鞋带一定是大人帮他系的。他喃喃自语说："警察一定也知道。他们要怎样才会相信我爸爸不是杀人犯？"他又往前推动他的轮椅。

我安慰他说："如果他们会怀疑你爸爸，那他们也会怀疑任何人，譬如，你或是我。"

"说的也是，他们为什么不这么想？"

"也许他们就是这么想的。"

我的感觉变得好奇怪，我突然发现我喜欢雷多，我可能会永远喜欢他，或是常常喜欢他。我现在甚至可以想象他扮印地安人的样子：他坐在轮椅上对着布鲁诺、贝德或是我开枪。如果他自己被子弹或是矛射中，他没办法倒下来翻滚，然后躺在地上装死，这是缺点。他只能头一歪手臂垂下，这使他看起来不太像印地安人，但是他死的样子看起来比我们真实两倍。

笔记七

笔记七

　　我们跟着爸爸妈妈到美术馆，妹妹是因为蛋糕才跟来的，因为美术馆的咖啡厅里有好吃的蛋糕。我呢，是因为家人的关系，我觉得和家人一起出门是件美好的事。

　　我听到爸爸在说一幅老油画：那小孩的妈妈死了——他是指油画上一个穿黑衣服的小女孩，她站在一张沙发椅后面，沙发椅上坐着一个老太太。我突然觉得那个小女孩好可怜，她脸上的表情装着一切已经过去、现在没事了的样子，这让我更觉得悲伤。一定是为了让那个老太太高兴，小女孩才马上对生活充满希望。

　　那个小女孩也许早死了。我算了一下，当奶奶出生的时候，她已经五十岁左右了，当然已经不再是小孩子了。我一直想着那个小女孩。真奇怪，当我把这种感觉写下来的时候，我对小女孩开始加倍地惦记。我不了解为什么有人会画一个死了的小女孩，她一定站在那儿好几个小时，手还得放在椅背上，两眼瞪着墙壁。

当我们坐在咖啡厅的时候，我问："为什么人要画画？"

爸爸用手指沾起蛋糕的碎屑，然后点头，他觉得这问题问得很好。妈妈试着要回答这个问题："也许……"妹妹打断了她的话："妈妈如果你死了，我也要被画。"我们大笑。最后大家把我的问题给忘了。

妈妈说："今天所有的画，我最喜欢上面有一个半开的大窗户的那一幅。"

"我不喜欢。"妹妹为了唱反调所以这么说。

我不知道今天有没有让我特别喜欢的画，首先我必须知道什么东西真的会让人喜欢。为了讨爸爸喜欢，我说我喜欢那匹在草地上吃草的白马，那是一匹圆斑灰白马。爸爸说他喜欢那幅高山图，图上面有一条瀑布，瀑布旁边有两个正在爬山的小人。画这幅画的画家叫多尔伏，爸爸妈妈对这个名字很熟悉，他们在谈这个画家的时候就好像在谈一个熟人，只是他们说的时候没有指名道姓。

妹妹用头去撞妈妈的胸口，她用鼻音说她不想被画了。如果她不想要什么东西的时候，她常常用鼻音说。

那个穿黑衣服的小女孩，视线越过老太太的头，投在她对面的墙上，墙上有一扇开着的门。如果她现在能说话，说的应该是法文。我想象着我从那扇门走进来，除了"bonjour（你好）"之外我什么也不会说，可是那个女孩除了对我说"bonjour"以外，也没法多说什么。

我们和爷爷到森林去散步。有两次我们在长凳子上坐下来休息，好让爷爷抽根烟。当我们继续前进的时候，爷爷说:"这里的空气真好!"当我们爬到瞭望台一半的时候,爷爷抓着扶梯不停地喘气。我多少有点担心他。

我想爷爷是为了要让我们高兴才到森林去散步的,我们也是为了要让他高兴才到森林散步的。如果有爷爷在,森林看起来就不一样,否则那些路走起来真是既无聊又漫长。

妈妈的心里又有石头了。我看到她站在房间里,在她面前的地板上丢着安妮的红外套,她只是站在那里而没有把外套捡起来,这表示现在任何人都不准问她问题。

放学回家之后我泡了一壶茶。我们坐在厨房里,她问起我的家庭作业。只有在有什么不对劲的时候她才会问我家庭作业。突然她对着我大叫,原来是妹妹被我的书包绊倒了。

然后她说:"有时候我觉得少了些什么,这种感觉让我想离开。"她的眼神飘游不定，她的样子好像对一切都厌倦了——包括对我。

我觉得很难过，很生气，还有其他的感觉。我站起来想走开，她叫住我："不要走！"现在她用眼睛盯着我。

"你又要出去旅行了吗？"我问。

她没有说话。她大概是不知道该说什么。到目前为止，她要离家之前都有一副很烦躁的样子，但是今天她一点也没有烦躁的样子，这可能是一个好征兆，也可能是一个坏征兆，或者根本就不是什么征兆。

我想起她上一次的旅行。她当时到法国南部去了，她走的时候下着雨，当她回家的时候雨还在下。这中间她先是坐火车，就这样在火车里一连好几个小时望着车窗外，然后到了海边，站在棕榈树下或灯塔旁。

当她坐夜车回到家的时候披头散发。我很高兴但是也很害怕，我以为我们可能失去了她。

"你上次去旅行，结果回家时感冒了。"我说。

她吓了一跳，因为她大概正想别的事。她笑了，然后又哭了，最后她擤了擤鼻涕，站起来并捡起安妮的外套——她心里至少有一块石头已经落下来了。

妈妈有时有一种向往。通常如果有人觉得自己少了什么东西，但是又不知道该怎么说，就会用这样的字眼。爸爸当然和妈妈谈了，妈妈哭了，他没有哭。她还大吼了几次，他没有大吼。他走到他在窗边的书桌前坐下，虽然背对着妈妈，但是他还是在听。

向往也许是另一种思乡，另一种牵引。只是思乡时，人们知道会被牵引到哪里。很多感觉也许就是思乡的另一种表现。

我可以想象如果我遇见那个黑衣女孩，我希望会是怎样的情况。我想象着我站在她面前的样子，她看着我的样子。只要我们都不开口，黑衣女孩一定不会知道我说的是另一种语言。然后她会开始对着我说话，她对我叙说了

向往也许是另一种思乡，另一种牵引。

一个很长的故事，大概是关于她自己的故事，我拼命说："Oui,oui,oui."她还是一点也没有注意到我不会说法文。我不只想象着我希望发生的状况，我也想象着我不希望发生的状况。譬如说，我不希望她觉得我很可笑，更不希望她嘲笑我。这些想法我要赶也赶不走，它们想来就来，想走就走，我一点办法也没有。

妹妹很生气，因为她每次问猫咪问题它都不回答。有一次她跑去向妈妈告状："猫咪到底有什么毛病？"

爸爸刚好进来，听到妹妹的话笑着说："这是个好问题。"

当时我不知道这个问题好在哪里，现在还是不知道。

"是不是猫咪太笨了？"妹妹问。

妈妈说："猫咪看起来不像是不知道答案的样子，它的样子看起来倒像是早已经知道答案了。"

妹妹问："什么答案？"

爸爸说："假设这只猫咪，这只刚刚还在睡觉、突然醒来的猫咪，这只有柔软的毛和锐利爪子的猫咪。假设这一只动物就已经是一个答案，那么这个答案的问题会是什么呢？"

"老鼠。"妹妹回答说。

爸爸妈妈笑得合不拢嘴。

有时候我真的很快乐很快乐，而且不知道为什么会这么快乐，快乐就总是这么突如其来。

放学回家的路上，贝德、玛莉安娜还有我走在一起。我的鞋带开了，我停下来系鞋带。在我弯腰的地方，有一株灌木。灌木上有一大群麻雀，它们吱吱喳喳叫个不停。我突然再也听不到别的声音，只听到这群麻雀的吵叫声。我就置身在这一片嘈杂声中，我感到一种快乐，一种令自

假设这一只动物已经是一个答案，那么这个答案的问题会是什么呢？

已快要无法承受的快乐。我跳起来跑上去，想要追上它们，当我追赶它们的时候，我觉得我已经可以承受这份快乐了。

我坐在花园的桌子旁，写下了这样一个句子——今天是我一生中天气最好的日子。我想这真是废话，然后我更是在句子下面画了线。

妈妈教了我三个法文句子，而且还把它们写了下来：

Comment tu t'appelles? 你叫什么名字呢？

Comment ça va? 你好吗？

Il fait beau aujourd'hui. 今天天气很好。

我不断练习这三个句子。意思是说，我的脑袋里不断地重复这三个句子，就是耳朵中间的地方不断有声音重复，就像随身听一样，只是声音来自我的脑子里。

笔记八

笔记八

我们在客厅里闲坐，闲站，走来走去，就像住在同一个动物保护区里的不同的动物。

"发生什么事了？"我问。

"她交了一个男朋友。"爸爸说。

"谁？"

"妈妈？"

"为什么？"

爸爸用力吸了一口气，妈妈什么话也不说。妹妹不小心让一个杯子掉到了地上，她没有哭，脸上的表情甚至很枯燥。"该死！"她诅咒了一声。

妈妈把地上的碎片扫干净，她看起来好像很生气，又像是受到了伤害，她红着脸跑进厨房，之后就没有再出来。

妹妹打开电视，爸爸把电视关掉。"该死！"妹妹又诅咒了一次。

而这一切都是因为妈妈有了一个男朋友。

我想象着妈妈的男朋友：他讲的是法文，他是个好人，但不是本地人，一看就知道他是从很远的地方来的，就像印地安人。

今天的天气真是糟透了，雨从四面八方飘来，人们只能抓紧自己的伞。我放学回到家已经半个多小时了，全身仍然湿得像水獭。

生病不完全像人想的那样。有些时候你根本感觉不到痛，你不会有任何感觉，或者你只会感觉到床单上的皱褶；或者你会有一个很奇怪的感觉，那是一种没有感觉的感觉，就像被打了一针，而且刺进灵魂的深处。

我不知道别人怎么样，我自己就是这样。我像活在柜子里，我躺在黑暗之中，就在我紧闭的眼皮后面。我听到外面开门关门的声音、茶杯碰撞的声音，还有爸爸、妈妈、安妮讲话的声音。

有一次我听到有人叫我的名字。妈妈说："我们骑马到美洲去。"

"美洲？"我听到自己在问。

"是啊，美洲。"

我坐在她的膝盖上，"那非洲呢？"又是我的声音。

"也去，我们也去非洲。"

　　生病不完全像人想的那样。有些时候你根本感觉不到痛，你不会有任何感觉，或者你只会感觉到床单上的皱褶。

"我们会在爸爸回家之前回来吗？"

"不会，我们要在那里过夜。"

然后我们折纸飞机。

妈妈说英文，驾驶员都说英文。

"你现在正在云端。"爸爸对她说。

"Yes."她说。

有一次她也说了"Oui."——也许是对她的印地安人说的。

有人在讨论灵魂的东西，关于雪的灵魂。

妈妈说："它不断地流出，它不断地流出。"

"谁？"我听到自己在问。问的人真的是我吗？也许我正在梦中。爸爸妈妈在我的梦中碰到我。

他们低头看着我，看我躺在床上，他们看着我的床，看着我躺的枕头，他们看到和平常人不一样的我，而且他们很担心的样子。爸爸说："谁和平常人不一样，就表示他比平常人多了什么或是少了什么。"

有人用我的声音说话："别的小孩也会怕被嘲笑。"声音听起来很大，就像从收音机里传出来的。"别的小孩子也会想象一些令他们恐怖害怕的事；别的小孩子也会坐在马桶上突然觉得自己很可怜，好像完全没有希望；别的小孩子也会想，他们和其他的小孩子不一样。"

然后爷爷祝我病早点好，妈妈替我说了谢谢。我一半是真的生病，一半是装的。我这样做也是为了爷爷，他今天特地来，原本就是要来看望我的，祝我早日康复。

安妮送我一个礼物，她把一个娃娃用抽屉里的包装纸包好，然后给我。我拆开礼物，然后向她说谢谢。之后我用同一张包装纸把我的彩色笔盒包起来，还用带子打了一个蝴蝶结，然后送给她，这次换她向我说谢谢。她想办法要把蝴蝶结解开，但是没有成功，结果她很生气。

"送礼物的游戏没有蝴蝶结还是可以玩。"我说。她不肯，因为蝴蝶结或是带子本来就应该是送礼物游戏的一部分。

只有小孩子才会这个样子。

玩着玩着我就在包装纸中睡着了。当我又醒来的时候，安妮说："下雪了！"

女孩子在法文中叫做 "la fille"，黑色叫做 "noir"。我对那个小女孩说："il neige.（下雪了）""Oui."她回答。我们现在稍微能沟通了。

白色叫做 "blanc"。

我坐在房间里无所事事。我的病已经好了，但是仍然觉得很迟钝，很疲倦。我还得适应一下没有生病的生活。

我看着爸爸，他正在看一只停在窗台上的苍蝇。苍蝇飞走之后，他看着外面积满雪的花园。妈妈打开一本书，她把书撑在爸爸的背上，然后大声地念那本书，她大笑。屋子里充满雪反射进来的亮光，他们脸上的表情完全不一样：爸爸的脸苍白、冰冷而忧愁，妈妈的脸红润得像新的一样。她抬头看着爸爸，希望能在他脸上也看到笑容。我想象着自己的脸，我可以感觉到一丝隐忧，一直延伸到耳朵上面。

疲倦越来越沉重，在我的脑袋里我只听到几个字："fille"、"noir"、还有 "blanc"。

疲倦也是一种快乐。人会慢慢忘记一切，一个接着一个，也许只会剩下最后一个字 "blanc"，最后连这个字也会消失，就像身体里面的一盏灯熄了。最后人只能感觉到脑子里名字原来所在的地方。

要想出东西的反义词很容易：白对黑、大对小、老对少。不是所有的东西都有反义词，但是很多东西都有反义词。我就想不出妈妈的反义词，猫咪的我也想不出来。为什么会这样？爸爸对这个问题一定很感兴趣。

今天是我的生日。我躺着闭上眼睛，想象着我出生时大概的光景，还有第一天的样子。我问我自己：白天从哪里来？黑夜到哪里去了？光亮的世界就等于一个放满床的房间，每样东西都投下它的阴影，只有太阳不投阴影，它投射光明。

然后我开始想象每个东西的反义词，如果没有反义词，那就得从头一步一步顺着想下去。情况是这样的：

　　当我来到这个世界上的时候，世界上还什么都没有，四周一片空旷。我不知道我站在哪里，也看不到任何东西。我甚至不确定我是站着还是躺着，因为没有土地。我不知道我是在游还是在飞，因为没有水。至于空气也是刚刚才由一阵风送来。我至少可以呼吸了。我察觉到有什么不对劲，但是不知道到底哪里不对劲。然后我的脚下突然生出土地，我松了一口气，我想大概就是这里不对劲。这应该是完整的世界了吧！

　　我站在满是石头的地上，对身边的东西还算满意。但是接下来我渴了，幸好在我快要渴死的时候，云飘了过来，而且开始下雨了。接下来我饿了，幸好我及时走到一个长满野莓的地方。我看到了野莓，当然是因为这当中有了光线。接下来我感到孤单。有什么不对劲，就是不对劲。那种感觉就像肚子饿，所以我又吃了野莓，但是我又把野莓吐了出来，不对！不是肚子饿。我觉得非常悲哀，我很绝望，我没有失去希望，我一直都没有失去，现在我觉得十分十分需要它。这时我看到地平线的另一端突然出现了两个人，还有一只小动物，那是爸爸妈妈，还有我们的猫咪。

就这样，世界可以说渐渐变得越来越完整了。可是现在，有时候我还是觉得这个世界有哪里不对劲，这世界还缺少什么东西，像空气、泥土、水、日光一样重要的东西。不可能是安妮，因为她也已经加入了这个世界。当然，她的加入也增加了这个世界的完整。

Copyrights©1997 Beltz Verlag, Weinheim und Basel
Programm Beltz & Gelberg, Weinheim

本书经由北京华德星际文化传媒有限公司代理
由德国BELTZ出版社授权贵州人民出版社在中国大陆地区独家出版、发行

图书在版编目（CIP）数据

爸爸妈妈我和她／（瑞士）舒比格著；（德）贝尔纳图；李真子译.
一贵阳：贵州人民出版社，2007.4
（蒲公英文学馆丛书）
ISBN 978-7-221-07697-7

Ⅰ.爸…　Ⅱ.①舒…②贝…③李…　Ⅲ.儿童文学—故事—作品
集—德国—现代　Ⅳ.I516.85

中国版本图书馆 CIP 数据核字（2007）第 037932 号

爸爸、妈妈、我和她 ［瑞士］于尔克·舒比格 著　［德］罗特劳特·苏珊娜·贝尔纳 图　李真子 译

出 版 人	曹维琼
策 　 划	远流经典文化
责任编辑	苏 桦 漆仰平
设计制作	RINKONG 平面设计工作室
出 　 版	贵州出版集团 贵州人民出版社
地 　 址	贵州省贵阳市中华北路 289 号
电 　 话	010-85805785（编辑部） 0851-6823539（发行部）
经 　 销	全国新华书店
印 　 制	华新科达彩色印刷有限公司
版 　 次	2007 年 5 月第一版
印 　 次	2007 年 5 月第一次印刷
成品尺寸	215mm×140mm 1/32
印 　 张	4
书 　 号	ISBN 978-7-221-07697-7/I·1565
定 　 价	21.80 元